I0694205

X Maravilhas de
Jack London
Volume II

traduzido por:
philipe pharo da costa

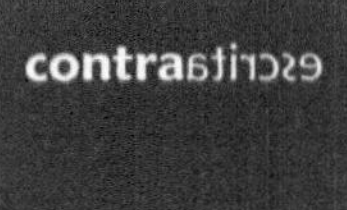

contraescrita

Uma Invasão Sem Precedentes

ou

A Guerra

de Jacobus Laningdale

(2ª Edição)

Jack London

Traduzido por:

Philipe Pharo da Costa

Autor: Jack London

Tradutor: Filipe Faro da Costa

Título: Uma Invasão Sem Precedentes

Subtítulo: A Guerra de Jacobus Laningdale

Título Original: The Unparalleled Invasion (1910)

Revisão: do Tradutor (26 de março 2019)

Design de Capa e Interior: ContraatircsE

Produção: ContraatircsE

1ª Edição – 17 abril 2017

2ª Edição – 26 de março 2019

AO 1990

Local de Publicação: Arcos de Valdevez – Portugal

Copyright © 2019 Filipe Faro da Costa (para ambas as edições)

All Rights Reserved.

Todos os Direitos Reservados

Depósito Legal: 449038/18

ISBN-13: 978-989-54130-4-1

ContraatircsE@gmail.com

ÍNDICE

PREÂMBULO

Este conto aqui traduzido para Português faz parte de uma série de contos que fizeram parte do meu imaginário adolescente, as histórias de London marcaram os meus primeiros passos na leitura literária adulta e abriram-me as portas para a ficção estrangeira, tendo-se tornado para mim uma referência sempre que se fala de literatura ocidental. A sua imaginação é incomparável, com uma densidade literária em pequenas histórias que fica retida na memória com notável facilidade. Jack London detinha uma incrível habilidade na construção de contos de ficção científica, alguns completamente marcantes para quem se detenha com tempo de os ler atentamente, sendo este um dos seus melhores espécimenes literários na visão deste vosso tradutor, e, por isso escolhido para tradução e publicação nesta série de X Maravilhas de Jack London.

Em 1910, Jack London, publicava este conto baseado na primeira década do século XX, num imaginário de um novo método de guerra que mais tarde viria a surgir, ainda que sem as dimensões que London descreveu através desta sua ficção científica especulativa com base histórica da época. Depois da Guerra Rússia-Japão, o Japão entra em conflito com a China tentando ocupá-la, London descreve então a expulsão dos japoneses da China no decurso do furioso despertar do país da Grande Muralha; anos depois a China revela seus interesses imperiais e ocupa diversos países através da imigração em massa, terminando a história num cenário quase apocalíptico de confronto entre a China e as restantes nações do mundo.

Este conto, com título original 'The Unparalled Invasion' (1910), pode, nos padrões de hoje, ter algumas interpretações de cariz xenófobo, por outro lado, apesar de todo um cenário hediondo que caracteriza a catarse deste conto (short-story), London demonstra cruelmente o que pode derivar de uma guerra em grande escala num mundo tecnologicamente avançado - a exemplo do que aconteceria quatro anos depois da publicação deste conto com o início da Primeira Guerra Mundial -, pelo que deveremos ter em conta o ativismo social de Jack London e, possivelmente, atentar antes às características da ânsia que revela pelo desenvolvimento intelectual e pelo pacifismo ao invés dos caminhos da guerra que os inimigos trilham independentemente da sua origem.

Jack London foi censurado em diversos países pela periculosidade das suas histórias, e pelo seu impacto à escala mundial, com certeza, esta terá estado entre os motivos dessa censura.

Philipe Pharo da Costa

The Way Of War

Man primeval hurled a rock,
Torn with angry passions, he;
To escape the which rude shock.
Foeman ducked behind a tree.

Man primeval made a spear,
Swifth of death on battle field;
Foeman fashioned other gear,
Fought behind his hidebound shield.

Man mediaeval built a wall,
Said he didn't give a dam;
Foeman not put out at all,
Smashed it with a battering ram.

Man mediaeval, just for fun,
Made himself a coat of mail;
Foeman laughed and forged a gun,
Peppered him with iron hail.

Modern man bethought a change,
Cast most massive armor-plate;
Foeman just increased his range,
Tipped his ball to penetrate.

Modern man, with toil untold,
Deftly built torpedo boats;
Foeman launched "destroyer" bold,
Swept the sea of all that floats.

Future man - ah! who can say? -
May blow to smithereens our earth;
In the course of warrior play
Fling death across the heavens' girth.

Future man may hurl the stars,
Leash the comets, o'er-ride space,
Sear the universe with scars,
In the fight 'twixt race and race.

Yet foeman will be just as cute -
Amid the rain falling suns,
Leave the world by parachute,
And build ethereal forts and guns.

And when the skies begin to fall
The foeman still will new invent -
Into a star-proof world he'll crawl,
Heaven insured from accident.

No Trilho da Guerra

O homem medieval construiu um muro,
Disse que não lhe importava;
O inimigo permaneceu firme e duro
Esmagou-o com um aríete de carga.

O homem medieval, apenas por diversão,
Pôs um casaco de malha-de-ferro no lombo;
O inimigo riu e com uma arma de invenção,
Polvilhou-o numa salva de chumbo.

O homem moderno ressalvou uma mudança
Produziu uma armadura maciça de guerrear;
O inimigo simplesmente aumentou a distância
Atirou a sua bala para penetrar.

O homem moderno, com labor para lá de incontável,
Habilmente contruíu navios torpedeiros que mandava;
O inimigo lançou um contratorpedeiro ambicionável,
Limpou o mar de tudo o que flutuava.

Homem do futuro - ah! Que sabe dizer? -
Pode fazer o nosso mundo em pedacinhos seus;
Num curso das brincadeiras de guerreiro acontecer
Espalhar morte através do perímetro dos céus.

O homem do futuro pode gritar às estrelas,
- Seguir os cometas, ou viajar pelo espaço -
Semear cicatrizes pelo universo delas,
Na luta, numa corrida e noutra a compasso.

E aí, o inimigo será igualmente engraçado,
Entre a chuva dos cadentes sóis em chamas,
Abandonará de paraquedas o mundo estilhaçado,
E então construirá etéreos fortes e armas.

E quando os céus começarem a cair a pés seus
O inimigo novo invento ainda quererá -
Para um mundo à prova de estrelas rastejará
Garantido contra acidentes da abôboda-dos-céus..

Jack London, in "The Way of War"

(Tradução para Português: Philipe Pharo

UMA INVASÃO SEM PRECEDENTES
OU
A GUERRA DE JACOBUS LANINGDALE

Corria o ano de 1976 quando a agitação entre a China e o resto do mundo atingiu o seu auge. Foi às custas disso que a celebração do Segundo Centénio da Independência da América foi diferida. Muitos outros planos das nações da Terra foram distorcidos e emaranhados e até mesmo adiados pela mesma razão. O mundo despertava abruptamente para o seu perigo; mas por mais de 70 anos, disfarçadamente, as matérias do caso tinham-se vindo a moldar na direção deste final.

O ano de 1904 marcou logicamente o princípio dos desenvolvimentos que, setenta anos mais tarde, vieram a trazer enorme consternação ao mundo inteiro. A Guerra Nipónico-Russa teve lugar em 1904, e os historiadores desse tempo crassamente inscreveram que fora esse evento a marcar a entrada do Japão no Comité das Nações. O que realmente esse ano marcou foi o despertar da China. Esse despertar, há muito esperado, tinha-se dado finalmente. As nações Ocidentais haviam tentado fomentar a China, e tinham falhado. Saído do seu caracteristicamente otimista egotismo-de-raça haviam por isso concluído que a tarefa era impossível de se concretizar, a China jamais despertaria.

O que não souberam levar em conta foi o seguinte: que entre eles e a China não havia um discurso psicológico coerente e comum a ambos. O seu processamento-mental era radicalmente assimilar. Não havia qualquer vocabulário de proximidade. A mente Ocidental penetrou a mente Chinesa, mas num curto espaço de tempo encontrou-se num insondável labirinto. A mente Chinesa penetrava na mente Ocidental numa igualmente curta distância temporal quando se esbarrou contra uma parede branca e incompreensível. Era tudo uma questão de linguagem. Não havia qualquer forma de transmitir as ideias Ocidentais à mente Chinesa. A China continuou dormente. O alcance material e o progresso do Ocidente eram um livro fechado para ela; nem o Ocidente conseguia abrir o livro. No profundo dos nós das nervuras da consciência, na mente, digamos, da raça falante de Língua Inglesa, havia a capacidade de se entusiasmar com curtas palavras saxónicas; no profundo dos nós das nervuras da consciência Chinesa havia a capacidade de se entusiasmar com seus próprios hieróglifos; mas a mente Chinesa não se conseguia entusiasmar com as curtas palavras saxónicas; nem conseguiam os falantes da Língua Inglesa entusiasmar-se com hieróglifos. A trama do pano das suas mentes era tecida de materiais completamente diferentes. Eles eram alienígenas mentais. E foi assim que o alcance material e o progresso Ocidental acabaram por não fazer qualquer mossa na completa dormência da China.

Chegou o Japão e a sua vitória sobre a Rússia em 1904. Agora a raça Japonesa era a aberração e o paradoxo entre os povos Orientais. De uma qualquer estranha forma o Japão estava recetivo a tudo o que o Ocidente tinha para oferecer. O Japão assimilou celeremente as ideias Ocidentais, digeriu-as, e aplicou-as tão habilmente que subitamente rompeu adiante, em completa panóplia, uma potência-mundial. Nada explica esta peculiar abertura japonesa à cultura alienígena do Ocidente. Tal como se se pudesse imaginar qualquer desporto biológico no reino-animal.

Tendo decidido e literalmente rebentado com o Império Russo, o Japão prontamente sonhou colossalmente quanto a construir um império por sua conta. À Coreia tinha-a tornado uma ganadaria e uma colónia; privilégios por tratado e diplomacia traiçoeira deram-lhe o monopólio da Manchúria. Mas o Japão ansiava por muito mais. Virou os seus olhos para a China. Aqui se quedava um largo território, e nesse território jaziam os mais gigantescos depósitos de ferro e carvão do mundo — era a espinha-dorsal da civilização industrial. Além dos recursos naturais, o outro grande fator da indústria é a mão-de-obra. Nesse território estava uma população de 400 milhões de almas — um quarto da então população do total do planeta Terra. Para mais, os chineses eram ótimos trabalhadores, enquanto a sua filosofia fatalista (ou religião) e a sua estólida organização nervosa lhe constituíam esplêndidos soldados – se fossem manejados adequadamente. Desnecessário será dizer que, o Japão estava preparado para prover esse manejamento.

Mas melhor de tudo, no ponto-de-vista nipônico, os sínicos eram uma raça semelhante. O desconcertante enigma do caráter Chinês para o Ocidente era pelo contrário percetível para os Japoneses. Eles entendiam-nos como nós jamais poderíamos cursar academicamente ou sequer ter esperança de entender. Os seus processos mentais eram os mesmos. Os Japoneses pensavam com os mesmos símbolos-de-pensamento dos Chineses, e pensavam nos mesmos entalhes peculiares. Dentro da mente Chinesa os Japoneses foram até onde nós fomos relutados pelo obstáculo da incompreensão. Eles dobraram a esquina que nós fomos incapazes de percecionar, torcendo à volta do obstáculo, e estavam longe da nossa vista quanto às ramificações da mente Chinesa que nós não conseguíamos acompanhar. Eles eram irmãos. Bem antes de um ter pedido emprestado a língua escrita do outro, e, incontáveis gerações em antes disso, eles haviam divergido do mesmo caldo Mongol. Haviam sofrido mudanças, diferenciações trazidas à tona pela diversidade de condições e infusões de outro sangue; mas bem lá no fundo dos seus seres, torcendo para dentro das suas fibras, estava uma herança em comum, uma semelhança do ser que o tempo não havia obliterado.

E assim o Japão passou a controlar a China. Nos anos imediatamente seguintes à guerra com a Rússia, os seus agentes empestaram o Império Chinês. A um milhar de quilómetros para lá da última estação de missão laboraram os seus engenheiros e espiões, vestidos como *Collies* (*Border Collies* ou Cães-de-Fronteira), disfarçados de mercadores ou de proselantes Padres Budistas, anotando a potência de cada cascata, os locais ideais para as fábricas, a altura de cada montanha e passagem, as vantagens e fraquezas estratégicas, a riqueza dos vales para a prática agrícola, o número de novilhos num distrito ou o número de trabalhadores que podiam ser recolhidos para recruta forçada. Jamais havia sido feito semelhante censo, e não poderia ter sido levado a cabo por outros que não os obstinados, pacientes, e patrióticos Japoneses.

Mas em pouco tempo a secreticidade foi soprada aos ventos. Os oficiais do Japão reorganizaram o exército Chinês; os sargentos encarregados do treino transformaram os soldados medievais em soldados do século XX, acostumados a toda a maquinaria moderna de guerra e com uma média mais elevada de atiradores de elite que os soldados de qualquer nação Ocidental. Os excelentes engenheiros do Japão aprofundaram e alargaram o intrincado sistema de canais, contruíram fábricas e fundições, criaram redes de comunicação por todo o império com telégrafos e telefones, e inauguraram a era da construção dos caminhos-de-ferro. Foram estes mesmos eminentes protagonistas da civilização-das-máquinas que descobriram os grandes depósitos de petróleo em Chunsan, as montanhas ricas em ferro de Whang-Sing, as montanhas ricas em cobre de Chinchi, e os mesmos que fizeram também os furos para os poços de gás, esse mais imenso e admirável reservatório de gás natural do mundo inteiro.

Nos Concílios Chineses do Império estavam os emissários Japoneses. Nos ouvidos dos homens-de--estado sussurrava o homem-de-estado Japonês. A reconstrução política do Império era-lhes devida. Eles aboliram toda a classe académica, que era violentamente reacionária, e colocaram nos postos políticos os oficiais progressistas de sua escolha. E em cada aldeia e cidade do Império iniciaram-se jornais. Claro que os editores Japoneses regiam as normas desses jornais, normas que recebiam diretamente de Tóquio. Foram estes jornais que educaram e tornaram progressista a grande maioria da população.

A China estava finalmente despertada. Onde o Ocidente havia falhado, o Japão teve sucesso. Ela havia transmutado o alcance e a Cultura Ocidental para termos que eram inteligíveis para a compreensão Chinesa. O próprio Japão, quando tão subitamente despertou, havia deixado o mundo atónito. Mas no tempo o Japão tinha apenas a força de quarenta milhões. O despertar da China, com os seus quatrocentos milhões de habitantes acrescido dos avanços científicos do resto do mundo, era assustadoramente espantoso. Ela era o colosso das nações, e celeremente a sua voz foi ouvida sem reservas nos assuntos políticos e concílios das nações. O Japão havia posto o seu ovo, e o orgulhoso povo do Ocidente teve que abrir respeitosamente os seus ouvidos.

O repentino e notável despertar da China tinha visto chegar a sua hora, talvez mais que qualquer outra coisa, a superlativa relevância da qualidade do seu labor. O Chinês era o tipo perfeito para a indústria. Tinha sido sempre assim. Na pura habilitação para trabalhar nenhum trabalhador do mundo se lhe podia ser comparado. O trabalho era o ar das suas narinas. Era para esse povo o mesmo que viajar, andar sem destino ou lutar em terras distantes cheios de espírito aventureiro como o fazem outros povos. A Liberdade, para ele, reduzia-se ao acesso dos meios de trabalho. Poder trabalhar o solo e trabalhar interminavelmente era tudo o que ele pedia da vida e dos poderes divinos que haja. E o despertar da China tinha dado à sua vasta população, não meramente o livre e ilimitado acesso aos meios de labuta, mas acesso à mais alta-tecnologia científica de meios-de-produção.

Uma China rejuvenescida! Não foi afinal mais que um passo da China galopante. Ela descobriu um novo orgulho em si mesma. Ela começou a irritar-se com a presença e linhas-guia ordenadas pelo Japão. Mas não se deixou irritar por muito tempo. Por conselho do Japão, no princípio, tinham expelido todos os missionários Ocidentais que lá se encontravam, engenheiros, sargentos de perfuração, mercadores e professores. A China começava agora a expelir representantes semelhantes, mas desta feita os do Japão. O último Conselheiro de Estado foi agraciado com todas as honras e condecorações, e depois despachado para casa.

O Ocidente havia despertado o Japão, e, enquanto o Japão já tinha então recompensado o Ocidente, pelo contrário, o Japão ainda não tinha sido ainda recompensado pela China. Esta, agradeceu ao Japão pela sua preciosa ajuda, e este, foi-se, aviado de armas e bagagens pela sua Gigantesca protegida. As nações do Ocidente troçaram silenciosamente perante o advento. O sonho dourado do Japão tinha terminado sem qualquer brilho. Ficou zangado. A China riu-se dele. O sangue dos samurais ferveu, e suas espadas foram em volição pelos campos e pelas ruas, e o Japão precipitou-se numa guerra. Isto aconteceu em 1922, e em sete meses sangrentos, a Manchúria, a Coreia, e a Formosa, foram-lhe retiradas, e por tal o Japão foi atrasado no seu desenvolvimento, atirado à falência, sufocando nas suas pequenas e sobrepovoadas ilhas. Foi a saída de cena do Japão. Daí em diante, a China dedicou-se à arte, e a sua tarefa passou a ser a de agradar e presentear grandiosamente o mundo com as suas criações maravilhosas e belas.

Ao contrário das expetativas, a China não se revelou belicista. Ela não tinha qualquer pretensão Napoleónica, e estava satisfeita por se ter dedicado às artes da paz. Depois de um período de tempo de inquietação, a ideia de que a China devia ser temida era aceite por todos, não em Guerra, mas em comércio. Seria mais tarde possível perceber que o verdadeiro perigo não havia sido aprendido pelo Ocidente. A China continuou o caminho de consumar a sua civilização industrial. Em vez de um grande exército permanente, ela desenvolveu uma milícia imensamente superior em número e com uma esplêndida eficiência. A sua marinha era tão pequena que era ridicularizada pelo mundo inteiro; e tão pouco ela se preocupou em fortalecer a sua marinha. Os portos abertos do mundo jamais receberam visitas dos seus couraçados.

O busílis do perigo centrava-se na fecundidade dos seus ventres, e foi em 1970 que se deu o primeiro sinal de alarme. Por algum tempo todos os territórios adjacentes à China tinham continuamente manifestado desagrado devido à imigração sínica; mas desta vez chegou subitamente ao conhecimento do Ocidente que a China tinha atingido uma população de 500,000,000. A China havia aumentado a sua população na ordem de uma centena de milhão desde o seu despertar. Burchaldter chamou à atenção para o facto de que existiam mais Sínicos do que pessoas de pele branca. Ele demonstrou-o numa simples soma aritmética. Ele somou juntas as populações dos Estados-Unidos, do Canadá, Nova Zelândia, Austrália, África do Sul, Inglaterra, França, Alemanha, Itália, Áustria, Rússia Europeia, e toda a Escandinávia. O resultado foi 495,000,000. E a população da China ficava acima deste tremendo total por uma diferença de 5,000,000. As contas de Burchaldter deram então a volta ao mundo, e o mundo estremeceu.

Por muitos séculos a população da China havia sido constante, os seus territórios tinham sido saturados com população, isto é, o mesmo que dizer que o seu território, com os seus métodos de produção primitivos, tinha determinado o seu limite máximo de população. Mas depois despertou e inaugurou a civilização industrial, o seu poder de produção tinha aumentado enormemente. Desta forma, no mesmíssimo território, era-lhe possível sustentar uma população bem superior. Rapidamente a taxa de natalidade aumentou e a taxa de mortalidade diminuiu. Antes, quando a população estava apertada em função dos seus meios de subsistência, o excesso de população desaparecia com a fome. Mas agora, graças à civilização industrial, os meios de subsistência da China tinham sido alargados exponencialmente, e já não havia fome; a sua população seguiu no encalço do aumento dos seus meios de subsistência.

Durante esse tempo de transição e desenvolvimento de poder, a China não se iludiu com quaisquer sonhos ou conquistas. Os Sínicos não eram uma raça imperial. Era industrial, frugal, e amante da paz. A guerra era vista como uma tarefa desagradável, mas necessária, e que, em alguns momentos, teria que ser realizada. E assim, enquanto as raças Ocidentais se tinham confrontado e lutado, e o mundo se havia aventurado um contra o outro, a China tinha calmamente continuado a trabalhar nas suas máquinas, e continuava a crescer. Agora ela estava a abarrotar e a alastrar para lá das fronteiras do seu Império – era apenas isso, simplesmente alastrando-se para os territórios adjacentes, com toda a convicção e num aterrorizante momento vagaroso como o de um glaciar.

Seguido do alarme que as contas que tinham sido feitas por Burchaldter tinham feito soar, em 1970, a França manteve-se um longo período numa posição de intimidação. A Indochina Francesa tinha sido arrebatada, cheia de imigrantes Chineses. A França convocou uma parada militar. A leva Chinesa seguiu atrás. A França reunia uma força de

cem mil homens na fronteira entre a sua desafortu-
nada colónia e a China, e em seguida, a China as-
sentou um exército de soldados-milicianos, com a
força de um milhão de homens. Atrás seguiam as
mulheres e os filhos e as filhas e os parentes, com a
sua bagagem e bens pessoais, num segundo exército. A força Francesa foi esmagada como se se tra-
tasse de uma mosca. Os soldados-milicianos Sínicos, junto com as suas famílias, eram mais de cinco
milhões tudo contado, calmamente tomaram posse
da Indochina Francesa e instalaram-se como quem
está para ficar por uns milhares de anos.

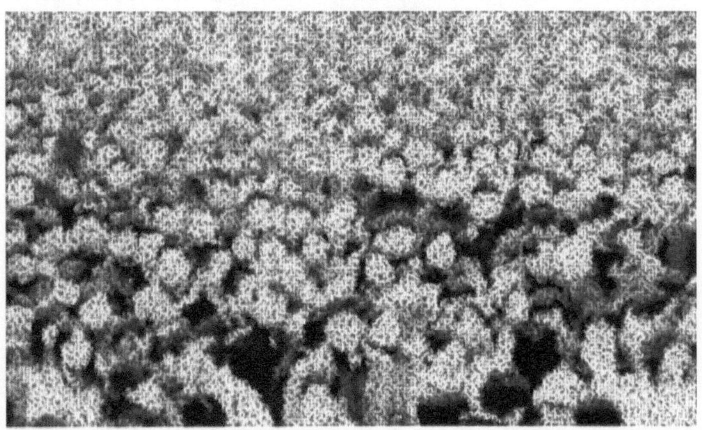

Uma França enfurecida preparou-se para combate. Enviou frota atrás de frota contra a costa da China, e quase ia à bancarrota com esse esforço militar. A China não tinha qualquer Marinha, e recolheu-se como uma tartaruga para dentro da sua carapaça. Por um ano as frotas Francesas bloquearam a costa e bombardearam as cidades e aldeias mais expostas. A China não se importou. Ela não dependia do resto do mundo para absolutamente nada. Manteve-se calmamente longe das armas Francesas e continuou a trabalhar. A França chorou e gemeu, ergueu as suas mãos impotentes e apelou as nações que haviam ficado perplexas com a situação. Depois avançou com uma expedição punitiva para marchar até Pequim. Era uma força de duzentos e cinquenta mil homens, e era a mais fina-flor militar da França. Desembarcou sem oposição e marchou para o interior. E isso foi a última coisa que se soube dela. A linha de comunicação foi cortada no segundo dia. Nem um sobrevivente voltou para contar o que havia acontecido. Tinha sido engolida pela bocarra cavernosa da China, e apenas e só isso.

Nos cinco anos seguintes, a expansão da China, em todas as direções terrestres, continuou rapidamente. O Sião foi tornado parte do Império, e, apesar de tudo o que a Inglaterra podia fazer, a Birmânia e a Península Malaia foram derrubadas; enquanto ao longo de toda a fronteira sul da Sibéria, a Rússia foi fortemente pressionada pelas gigantescas hordas de Sínicos que avançavam. O processo era simples. Primeiro chegava a imigração chinesa (ou, preferencialmente, estava já lá, tendo chegado lenta e traiçoeiramente durante os anos anteriores). Depois veio o conflito armado e o derrube de toda a oposição através de um exército monstruoso de soldados-milicianos, seguidos pelas suas famílias e bens pessoais. E finalmente chegou a sua instalação como colonos no território conquistado. Nunca tal havia sucedido, um método tão estranho e eficaz de conquistar o mundo.

O Nepal e o Butão foram também derrubados, e toda a fronteira do noroeste da Índia foi pressionada por esta amedrontante maré de vida. A Oeste, Bucara, e, mesmo a Sul e a Oeste, incluíndo o Afeganistão, tudo foi engolido pela mesma maré. A Pérsia, Turquemenistão, e toda a Ásia-Central sentiu a pressão da inundação. Foi nesse momento que Burchaldter refez as suas contas. Ele estava errado. A população da China devia ser de setecentos milhões, oitocentos milhões, ninguém sabia quantos milhões seriam, mas em qualquer cálculo seriam brevemente um milhar de milhão. Havia dois chineses por cada humano de pele branca no mundo, Burchaldter anunciou, e o mundo tremeu. O crescimento da China teria imediatamente começado em 1904. Foi lembrado que desde essa data não teria havido nem uma única época de fome. A 5,000,000 de aumento por ano, o seu aumento total nos próximos setenta anos deveria ser 350,000,000. Mas quem poderia adivinhar? Podia ser muito mais. Quem poderia adivinhar alguma coisa desta estranha nova ameaça do século XX – A China, a velha China, rejuvenescendo, frutificando e militante!

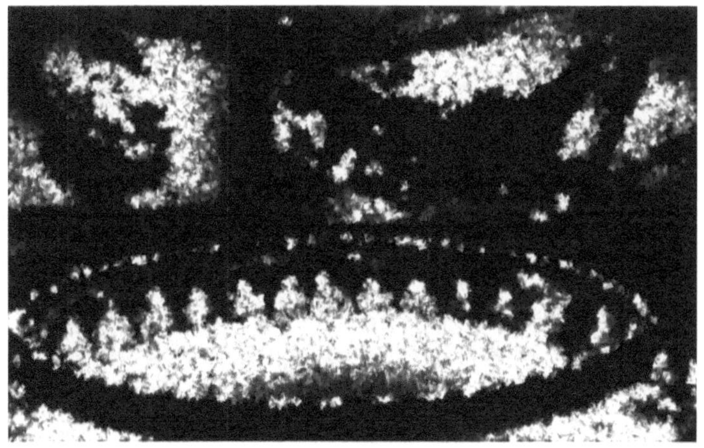

A convenção de 1975 foi realizada em Filadélfia. Todas as nações Ocidentais, e algumas, poucas, das Orientais, estavam representadas. Nada foi concretizado. Ouve conversas sobre a possibilidade de todos os países darem prémios por nados-vivos que proporcionasse o aumento da sua própria taxa de natalidade, mas os aritméticos partiram-se a rir, apontando que a China estava demasiado à frente na liderança dessa direção. Nenhuma forma viável de se poderem pôr à mesma altura da China foi sugerida. Apelaram à China e ameaçaram-na as Potências Unidas, e foi a isso que se resumiu toda a Convenção de Filadélfia; e a China riu-se da Convenção e das Potências. Li Tang Fwung, o poder por detrás do Trono do Dragão, dignou-se a responder.

«O que importa à China o Comité das Nações?» disse Li Tang Fwung. «Somos a mais antiga, honorável e real de todas as raças! Temos o nosso próprio destino para cumprir. É desagradável que o nosso destino não corresponda ao dos do resto do mundo, mas que faríeis vós? Vós que tendes falado aos ventos sobre raças reais e do património da terra, e nós podemos apenas responder que isso, ainda teremos que ver acontecer. Vós não nos podeis invadir. Esqueçam os vossos navios. Não gritem. Sabemos que nossa marinha é pequena. Podeis ver que as usamos apenas para propósitos de policiamento. Não nos importa o mar. A nossa força reside na nossa população que brevemente será de um milhar de milhão. Graças a vós, nós estamos equipados com toda a panóplia de máquinas modernas de guerra. Enviem os vossos couraçados. Nós daremos conta deles. Enviem as vossas expedições punitivas, mas primeiro recordem-se da França. Desembarcar um milhão de soldados na nossa costa ultrapassaria os recursos de qualquer de vós. E os nossos milhares de milhões os engoliriam de uma só vez à boca-cheia. Enviem um milhão, enviem cinco milhões, e os engoliremos tão prontamente. Puf! Um mero nada, um escasso naco. Destruam, como haveis ameaçado, vós Estados-Unidos, os dez milhões de guardas-de-fronteira que colocamos na vossa costa – porque, esse montante praticamente iguala a metade do nosso excesso na taxa de natalidade por um ano.»

Assim falou Li Tang Fwung. O mundo estava espantado, desesperado, aterrorizado. Ele havia falado com verdade. Não era possível combater a taxa de natalidade da China. Se a sua população fosse de um milhar de milhões, e crescesse vinte milhões por ano, em vinte-e-cinco anos teria um milhar e meio de milhões – igual à população do resto do mundo em 1904. E nada podia ser feito. Não havia qualquer forma de deter aquela monstruosa transbordagem e inundação de vida. A guerra seria fútil. A China ria-se de um possível bloqueio das suas costas marítimas. Ela convidava à invasão. Na sua enorme bocarra havia espaço para todos os exércitos da Terra que lhe pudessem ser enviados. E ao mesmo tempo a sua inundação de vida amarela espalhava-se por toda a Ásia. A China ria-se enquanto lia as conjeturas estudadas pelos académicos ocidentais completamente desviados da realidade.

Mas ouve um estudioso que passou despercebido à China – Jacobus Laningdale. Não que ele fosse propriamente um académico, exceto num sentido mais alargado. Primeiramente, Jacobus Laningdale era um cientista, e, até essa altura, um cientista extremamente obscuro, era um professor empregado nos laboratórios do Gabinete de Saúde da cidade de Nova Iorque. A cabeça de Jacobus Laningdale era em tudo semelhante a qualquer outra cabeça, mas naquela tinha-se desenvolvido uma ideia. Além disso, nessa cabeça cabia a sabedoria de manter essa ideia em segredo. Ele não escreveu um artigo para as revistas. Em vez disso, ele pediu umas férias. Em 19 de setembro de 1975, ele chegou a Washington. Era de noite, mas ele seguiu direto para a Casa Branca, pois já havia agendado uma audiência com o Presidente. Ele falou em privado com o Presidente Moyer por três horas. O que foi conversado entre eles não foi do conhecimento público até muito mais tarde; de facto, por essa altura, o mundo não estava muito interessado em Jacobus Laningdale. No dia seguinte, o Presidente convocou o seu Gabinete, Jacobus Laningdale estava presente. O que se seguiu foi mantido em segredo. Mas nessa mesma tarde Rufus Cowdery, Secretário de Estado, deixou Washington, e na manhã seguinte, bem cedo, seguiu para Inglaterra. O segredo que ele transportava começou-se a espalhar surrateiramente, sendo divulgado apenas por entre os chefes-de-estado dos governos. Possivelmente apenas uma meia-dúzia de homens de cada nação a quem foi confiada a ideia que se havia formado na cabeça de Jacobus Laningdale. No seguimento da propagação do segredo, iniciou-se um grande alvoroço em todos os estaleiros, arsenais de exército, e arsenais de marinha. Os povos da França e da Áustria ficaram desconfiados. Mas os pedidos de confiança dos seus governos eram tão sinceros que eles se conformaram em avançar com o projeto desconhecido que se avizinhava.

Foi este o tempo da Grande Trégua. Todos os países se comprometeram solenemente a não entrar em guerra com qualquer outro país. A primeira ação definitiva foi a mobilização gradual dos exércitos da Rússia, Alemanha, Áustria, Itália, Grécia e Turquia. Depois começou o movimento de Leste. Todos os caminhos-de-ferro para a Ásia estavam apenhados de comboios de tropas. A China era o objetivo, era tudo o que havia para saber. Um pouco mais tarde começou o grande movimento marítimo. Foram iniciadas expedições de couraçados de todos os países. Frota a seguir de frota, e todas com rumo à costa da China. As nações limparam completamente os seus estaleiros navais. Elas enviaram as suas lanchas de fiscalização costeiras, barcos patrulha, navios de expedição de tropas e navios faroleiros, enviaram os seus últimos e antiquados cruzadores e couraçados. Insatisfeitas com isto, as nações recorreram à marinha mercante. As estatísticas revelam que 58,640 barcos-a-vapor mercantes, equipados com luzes de deteção e metralhadoras, foram enviados pelas várias nações para a China.

E a China sorria e aguardava. Nas suas fronteiras terrestres estavam milhões de guerreiros da Europa. Ela mobilizou cinco vezes mais milhões da sua milícia e aguardou a invasão. Nas suas costas marítimas fez o mesmo. Mas a China estava confusa. Depois de todo aquele enorme preparo, não houve invasão. A China não conseguia compreender. Ao longo da grande fronteira Siberiana tudo estava sossegado. Ao longo das suas costas as cidades e aldeias não foram sequer alvo de bombardeamentos. Nunca, na história do mundo, se havia juntado tamanha quantidade de frotas. As frotas do mundo inteiro estavam lá, e dia e noite milhões de toneladas de navios de guerra lavravam o sal das suas costas marítimas, e nada aconteceu. Nada foi tentado. Pensariam elas em fazê-la emergir da sua concha? A China sorriu. Pensariam elas em cansá-la até à exaustão, ou fazê-la morrer à fome? A China sorriu outra vez.

Mas em 1 de maio, 1976, tivesse o leitor estado na cidade imperial de Pequim, com a sua população de onze milhões, teria testemunhado um avistamento curioso. Teria visto as ruas cheias com a populaça amarela a tagarelar, com cada cabeça em fila inclinada para trás, cada olhar mirando de esguelha em direção ao céu. E lá bem alto penetrando o azul, teria avistado um pequeníssimo ponto a negro, o qual, de acordo com as suas evoluções sistematizadas, ele teria identificado como um pequeno zepelim dirigível. Deste dirigível, enquanto arqueava o seu voo sobre a cidade para trás e para diante, caíam estranhos mísseis, mísseis inofensivos, tubos de vidro frágil que se estilhaçavam em milhares de fragmentos pelas ruas e telhados. Mas nada havia de mortífero nesses tubos de vidro. Nada aconteceu. Não houve quaisquer explosões. É verdade que três Chineses foram mortos pela queda dos tubos de vidro nas suas cabeças, tal era a altura de que caíam; mas o que eram três Chineses contra uma taxa de excesso de natalidade na ordem dos vinte milhões? Um tubo atingiu perpendicularmente um lago de peixes num jardim e não se partiu. Foi arrastado para a margem pelo dono da casa. Ele não se atreveu a abri-lo, mas, acompanhado por seus amigos, e rodeado de uma crescente multidão, ele transportou aquele misterioso tubo ao magistrado do distrito. Este último era um homem corajoso. Com todos os olhos em cima dele, ele quebrou o tubo com um só golpe do seu cachimbo de latão redondo. Nada aconteceu. Daqueles que estavam mais perto, um ou dois pensaram ter visto alguns mosquitos a esvoaçar de lá. Isso era tudo o que se havia revelado. A multidão começou-se a rir às grandes gargalhadas e depois dispersou.

Tal como Pequim fora bombardeada por tubos de vidro, assim foi toda a China. Os pequenos dirigíveis, lançados através de navios de guerra, continham apenas dois homens cada, e para todas as cidades, vilas e aldeias eles rumaram e dobraram, um homem a dirigir o zepelim, o outro atirando os tubos de vidro.

Tivesse o leitor estado em Pequim, seis semanas mais tarde, teria procurado em vão pelos onze milhões de habitantes da cidade, alguns poucos deles poderiam até ser encontrados, algumas centenas de milhar, talvez, as suas carcaças purulentas pelas casas e pelas ruas desertas, e empilhadas bem altas nos vagões-da-morte abandonados. Mas pelos restantes teria que procurar pelas autoestradas e atalhos do Império. E não os teria encontrado a todos fugindo da cidade de Pequim pejada de pestes, pois atrás deles, eram às centenas de milhares de corpos por enterrar nas margens, poderia ter registado a sua fuga. E tal como foi com Pequim, assim foi com todas as cidades, vilas, e aldeias do Império. A peste atingiu-os a todos. Mas não era somente uma peste, nem mesmo duas pestes, era uma vintena de pestes. Toda a forma virulenta de morte infeciosa espreitava pela terra.

O governo Chinês apercebeu-se demasiado tarde do significado dos colossais preparativos, da triagem dos anfitriões do mundo, os voos das pequenas aeronaves, e a chuva de tubos de vidro. As proclamações do governo eram em vão. Eles não conseguiam impedir os onze milhões de pobres diabos, fugindo da cidade única de Pequim para espalhar a doença por todo o país. Os médicos e os oficiais de saúde morreram nos seus postos; e a morte, a todo-poderosa, passou por cima de todos os decretos do Imperador e de Li Tang Fwung. Passou por cima deles igualmente, pois que Li Tang Fwung morreu logo na segunda semana, e o imperador, escondido no seu Palácio de Verão, pereceu na quarta semana.

Tivesse sido apenas uma praga, talvez a China tivesse aguentado. Mas de uma vintena de pragas nenhuma criatura estava imune. O homem que escapou da varíola foi-se antes da febre escarlate. O homem que era imune à febre amarela foi levado pela cólera; e se ele fosse imune a essa, também a Morte Negra, que era a peste bubónica, o teria levado embora. Pois eram estas bactérias, germes, e micróbios, bacilo, criados em culturas nos laboratórios do Ocidente, que tinham caído dos céus por toda a China numa chuva de vidro.

Toda a organização desapareceu. O governo desfez-se. Decretos e proclamações eram inúteis quando esses mesmos que num momento as escreviam e assinavam, no momento seguinte estavam mortos. Nem podiam os enlouquecidos milhões, impelidos a fugir pela morte, parar para pensar em ter atenção a fosse o que fosse. Eles fugiam das cidades para infetar as zonas rurais, e sempre que eles fugiam levavam as pestes consigo. O quente verão havia chegado – Jacobus Laningdale tinha escolhido a hora perspicazmente – e a peste purulenta tinha invadido tudo. Há muitas conjeturas que foram propostas sobre o ocorrido, e muito foi apreendido através das histórias dos poucos que lhe sobreviveram. As desventuradas criaturas salteavam pelo correr do Império em fuga aos muitos milhões de pessoas. Os vastos exércitos que a China tinha colecionado nas suas fronteiras, desapareceram. As quintas foram saqueadas em busca de comida, e não voltaram a ser levados a cabo novos plantios, e até as plantações que já haviam sido feitas foram deixadas sem cuidados e nunca vieram a ser colhidas. A coisa mais notável talvez tenham sido os bandos em fuga. Muitos milhões se integraram neles, carregando contra os limites do Império para encontrarem os gigantescos exércitos do Ocidente. A carnificina das enlouquecidas hostes nas fronteiras foi estupenda. Volta meia-volta a linha vigilante foi empurrada para trás umas vinte ou trinta milhas para escapar ao contágio da multidão de mortos.

Numa ocasião a praga penetrou e espalhou-se por entre os soldados Alemães e Austríacos que guardavam as fronteiras do Turquestão. Tinham sido feitos os preparativos para tais acontecimentos, e, apesar de seis mil baixas entre os soldados Europeus, os corpos médicos internacionais isolaram o contágio e conseguiram estancá-la. Foi durante esta luta que foi sugerido que se havia originado um novo germe da peste, que de alguma forma ou outra alguma espécie de hibridização entre os germes das pestes teria ocorrido, produzindo um novo e assustador germe virulento. Suspeitado primeiramente por Vomberg, infetado com esse germe e falecido em causa disso, foi mais tarde isolado e estudado por Stevens, Hazenfelt, Norman, e por Landers.

Assim foi a invasão sem precedentes da China. Para aquele milhar de milhão de pessoas não havia qualquer esperança. Reprimido pelo seu jazigo em putrefação, toda a organização e coesão perdida, eles não podiam outra coisa que não morrer. Eles não podiam escapar. Tal como a sua fuga era reprimida nas fronteiras terrestres, era igualmente reprimida na costa marítima. Setenta e cinco mil barcos patrulhavam as costas. Dia-a-dia os seus funis fumegantes escureciam o círculo do Oceano, e pela noite os seus holofotes flamejantes lavravam a escuridão e gradavam-na até ao mais pequeno moribundo. As tentativas das imensas frotas de moribundos eram penosas. Nem um alguma vez chegou a passar pelos tubarões vigilantes. Maquinaria de guerra moderna continha as massas desorganizadas da China, enquanto as pragas produziam o seu efeito.

A velha Guerra tinha-se tornado alvo de troça. Nada restava dela que não fosse a função do patrulhamento. A China tinha-se rido da guerra, e guerra era o que ela estava a ter, mas era guerra ultramoderna, guerra do século XX, a guerra do cientista e do laboratório, a guerra de Jacobus Laningdale. Armas de cem toneladas eram brinquedos comparadas com os projéteis microrgânicos preparados pelos laboratórios, os mensageiros da morte, os anjos destrutivos que perseguiu um império de um milhar de milhão de almas.

A China foi um inferno durante todo o verão e outono de 1976, não havia escapatória para os projéteis microscópicos que se semearam pelos sítios mais recônditos. As centenas de milhões de mortos permaneceram por enterrar e os germes multiplicavam-se, e, em volta disto, milhões morreram diariamente de fome. Além disso, a fome enfraquecia as vítimas e destruía as suas defesas naturais contras as pestes. Reinava o canibalismo, o assassínio, e a loucura. E assim pereceu a China.

Só em fevereiro seguinte, no tempo mais frio, se vieram a fazer as primeiras expedições. Estas expedições eram pequenas, compostas de cientistas e tropas; mas entraram na China por todos os lados. Apesar das mais elaboradas precauções contra as infeções, numerosos soldados e uns poucos médicos foram afetados. Mas a exploração continuou corajosamente. Encontraram a China devastada. Uma uivante selvajaria pela qual circulavam bandos vadios de cães selvagens e bandidos desesperados que haviam sobrevivido. Todos os sobreviventes foram mortos onde quer que se encontrassem. E depois começou a grande tarefa, a limpeza sanitária da China. Cinco anos e centenas de milhões de tesouro consumidos, e depois o mundo entrou – não em zonas, como era a ideia do Barão Albrecht, mas heterogeneamente, de acordo com o programa democrático Americano. Foi um vasto e feliz misturar de nacionalidades que colonizaram a China em 1982 e nos anos que se seguiram – uma experiência de tremendo sucesso na fertilização cruzada. Sabemos hoje o esplêndido resultado mecânico, intelectual e artístico que se seguiu.

Foi em 1987, tendo sido dissolvida a Grande Trégua, que a antiga querela entre a França e a Alemanha sobre a Alsácia-Lorena recrudescedeu. A nuvem de guerra cresceu escura e ameaçadora em abril, e em 17 do mesmo mês foi convocada Convenção de Copenhaga. Estando presentes os representantes das nações de todo o mundo, todas elas juraram solenemente nunca usar umas contra as outras tais métodos de guerra de laboratório que eles haviam usado contra a China.

35

FIM

SOBRE O AUTOR

John Griffith Chaney (nascido em São Francisco, no 12 de janeiro de 1876 na Califórnia, morreu a 22 de novembro de 1916 no seu Beauty Ranch), autor, jornalista e ativista social norte-americano com referências marxistas, pioneiro na sua era, fez então parte do novo mundo das revistas comerciais de ficção, tendo sido um dos primeiros romancistas a obter celebridade mundial através das suas histórias, além de uma grande fortuna. Jack London (seu pseudónimo), é um dos mais importantes marcos da literatura norte-americana do fim do século XIX, princípio do século XX. Escreveu centenas de contos, entre eles alguns visionários e magistrais que marcaram os caminhos da literatura ocidental.

TÍTULOS DA COLEÇÃO
DEZ MARAVILHAS DE JACK LONDON

JÁ PUBLICADOS

Emil Gluck: O Pior Inimigo do Mundo
Vol. I (2ª Edição)
Jack London
Tradução: Philipe Pharo da Costa

Uma Invasão Sem Precedentes
Ou: A Guerra de Jacobus Laningdale
Vol. II (2ª Edição)
Jack London
Tradução: Philipe Pharo da Costa

O Conto das Mil Mortes
Ou: O Navio da Tortura
Vol. III
Jack London
Tradução: Philipe Pharo da Costa

O Pagão
Vol. IV
Jack London
Tradução: Philipe Pharo da Costa

A PUBLICAR BREVEMENTE

O Vermelho
Vol. V
Jack London

OUTROS TÍTULOS
PUBLICADOS PELA CONTRAATIRCSE

Livro dos Poemas de Fruto Proibido do Doutor Armando do Sal
e Outros Textos Neoexperimentais
Philipe Pharo da Costa

As Meias do Poeta Victor Nuno de Menezes
e Outros Fragmentos Físico-Teóricos
Philipe Pharo da Costa

Me and The World: Poetry and Fragments
(Bilingual Edition Portuguese-English)
Philipe Pharo da Costa

De Moi Vers Le Monde
(Édition Bilingue Portugais-Français)
Philipe Pharo da Costa
Tradução: Johanna Sciamma/Marie-Manuelle da Silva

Este Aparelho Deve Ser Instalado Por Pessoas Competentes
(Primeiro Manual)
Philipe Pharo da Costa

O Gato Preto
Série Grandes Autores
Edgar Allan Poe
Tradução: Philipe Pharo da Costa

A PUBLICAR BREVEMENTE

O Carregador Zarolho
Série Grandes Autores
Voltaire
Tradução: Philipe Pharo da Costa

43

ContraatircsE@gmail.com

www.ingramcontent.com/pod-product-compliance
Lightning Source LLC
Chambersburg PA
CBHW020051310726
48970CB00007B/2505